I Modryb Dee ac Wncl Paul a'u
teulu bach hyfryd
J.H.

I Amelia,
gyda diolch
I.B.

Cyhoeddwyd gyntaf yn Saesneg 2002 gan Walker Books,
dan y teitl *Do Like a Duck Does*
Testun © hawlfraint Judy Hindley 2002
Lluniau © hawlfraint Ivan Bates 2002
Y cyhoeddiad Cymraeg © hawlfraint Dref Wen Cyf. 2003

Cyhoeddwyd yn Gymraeg yn 2003 gan Wasg y Dref Wen,
28 Ffordd yr Eglwys, Yr Eglwys Newydd,
Caerdydd CF14 2EA, Ffôn 029 20617860.

Argraffwyd yn Hong Kong.

Gwna Fel Hwyad!

Judy Hindley

lluniau gan

Ivan Bates

Addasiad Gwynne Williams

DREF WEN

Pum hwyad fach
yn dilyn
eu mam –

ac fel
pob hwyad
yn siglo yn gam.

Dacw nhw'n wadlan a strytian yn ddel
cyn stopio'n stond yn y gwair am sbel –

Fflop! Fflop! Fflop! Fflop! Fflop!

Efo'i gilydd.

"Cwac!" meddai Mam,

"Cwaciwch, da chi!

Gwnewch fel pob hwyad!

Gwnewch fel fi!"

A dacw nhw'n croesi o'r buarth mewn rhes –
Ond pwy sydd yn cropian ar eu hôl nhw yn nes?

"Aros!" meddai Mam. "Pwy tybed wyt ti?
Wyt ti'n credu dy fod ti yn hwyad fel ni?"

"Ond wrth gwrs!" meddai'r cr'adur gan sefyll yn syth. "Dw i'n hwyad fel chi – a dw i'n byw draw mewn nyth."

Wel, does ganddo ddim pig
a does ganddo ddim plu.
Mae ganddo grafangau
a dannedd mawr cry.
Mae ganddo glustiau hirion,
mae ganddo gynffon
gain,
mae ganddo
wên fach gyfrwys,
ac O! mae'i drwyn
yn fain.

Sbiodd Mam yn galed, wedyn meddai,
"Twt! Estyn dy adenydd bach, sigla dy gwt.
Tyrd yn dy flaen, gwna fel ni,
agor dy big – un, dau, tri –

Cwac!
Cwac!
Cwac!"

Yna i ffwrdd â phawb
y tu ôl i Mam –

Hwp! Hwp! Hwp!

Pum hwyad fach yn wadlan yn gam –
Ac un cr'adur brown . . . twp! twp! twp!

"Wow!" meddai Mam.
"Edrych ar y rhain –
Llyn braf o fwd
Yn llawn chwilod a chwain.
Am ginio bach blasus! Wel,
Gwna fel pob hwyad
A bwyta nhw, del.

Iym!
Iym!
Iym!"

Ond mae'r cr'adur brown blewog
yn gwneud llygaid main,
ac yn dweud am yr hwyaid,
"Gallwn fwyta'r rhain!

**Iym,
iym..."**

Ac felly mae'n
cropian
ar eu hôl nhw
yn araf
a slei …

Ond mae Mam yn ei ddal
   ac yn gweiddi, "Hei!
       Dwyt ti ddim yn hoffi chwain
       Na dweud 'cwac' fel 'ry'n ni …
       A wyt ti yn *siŵr*
           mai hwyad wyt ti?"

"Wrth gwrs!"
meddai'r cr'adur.
"Hwyad dw i!

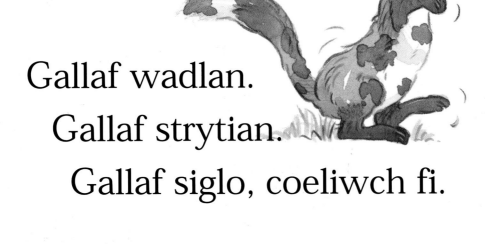

Gallaf wadlan.
Gallaf strytian.
Gallaf siglo, coeliwch fi.

Dw i'n hwyad!
Dw i'n hwyad!
Dw i'n hwyad fel chi!"

"O'r gorau!"
meddai Mam. "Dangos i ni.
Gwna fel hwyad. Brysia, da thi!"
Ac i ffwrdd â nhw drwy'r hesg ac …

heb ffws na stŵr ... **Plop! Plop! Plop!**

Plop! Plop! i mewn i'r dŵr.

I lawr â'r hwyaid gan siglo'u cwt!

I lawr â'r cr'adur – **Ffwt! Ffwt! Ffwt!**

Ble mae'r hwyaid bychain?
Yn dod at eu mam –

Pop!

Pop! Pop! Pop! Pop!

Ond mae'r
cr'adur blewog

yn mynd tuag adre …
yn wlyb bob cam.

"Wel," meddai Mam.
"Fe ddwedes wrthych chi

'mod i'n siŵr nad oedd e
yn hwyad fel ni!"